sven stroh

WÖRTERWIND

GEDICHTE FÜR KINDER & ERWACHSENE

AF177044

ÜBER DEN AUTOR

Geb. 1980 in Göppingen. Abitur (2000), Studium an der Universität Konstanz (sieben Semester Soziologie, Kunst-und Medienwissenschaften, deutsche Literatur, Philosophie). 2007 Abschluss als Marketing- und Kommunikationswirt (WFA) an der südwestdeutschen Akademie für Marketing- und Kommunikation e.V. in Stuttgart. Neben seinem Hauptberuf als Buchhalter betreibt der in Baden-Württemberg lebende Hobbyimker eine kleine Werbeagentur.

Mehr Infos auf **www.sven-stroh.de**

sven stroh

WÖRTERWIND
GEDICHTE FÜR KINDER & ERWACHSENE

 tredition

IMPRESSUM

© 2022 Sven Stroh

1. Auflage

Texte: Sven Stroh

Covergestaltung & Layout: Sven Stroh

Verlag und Druck: tredition GmbH, Halenreie 40-44, 22359 Hamburg

ISBN Softcover: 978-3-347-73689-4

ISBN Hardcover: 978-3-347-73690-0

Bibliografische Information der Deutschen Nationalbibliothek: Die Deutsche Nationalbibliothek verzeichnet diese Publikation in der Deutschen Nationalbibliografie; detaillierte bibliografische Daten sind im Internet über http://dnb.d-nb.de abrufbar.

Für Luis & Malo

KINDERGEDICHTE

ERWACHSENENGEDICHTE

WÖRTERWIND

Sanft fliegen die Worte
Treibend im Wind
Zur offenen Pforte
Der Herzen geschwind.

FÜR KINDER

DAS GESCHENK

Dunkel ist es, bin so toll verpackt
Mit Stolz überreicht, ein freudiger Akt.
Einst war ich nur Wunsch, eine leise Idee
Nun endlich Erfüllung, vier Blätter am Klee.

Ich werde geschüttelt, und raschle so toll
Die Spannung, sie steigt, ganz erwartungsvoll.
Das Papier wird entfernt, das Dunkel, es weicht
Endlich Sein was ich soll, das Ziel ist erreicht.

Ich werde umarmt, liebkost, angelacht
Der Moment so genial, das Wunder vollbracht.
Das Glück ist im Raum, ich kann es fast sehen
Kann Freude bereiten, will nie wieder gehen.

DER BALL

Ich erzähl euch was, ihr glaubt es kaum
Das was ich bin, ein wahrer Traum.
Werd mitgebracht, bin stets dabei
Dann losgelassen, fühl mich frei.

Die runde Form ganz tief verehrt
Wen freut das nicht, bin heiß begehrt.
Um mich herum, die Wunder leben
Nur Kinderlachen, pures Geben.

Und doch passiert es ab und an
Ich werd verlegt, bin einsam dran.
Dann lieg ich wartend, bin versteckt
Bis strahlend Antlitz mich entdeckt.

Dann bin ich wieder was ich soll
Ein Grund zum Freuen, einfach toll.
Man teilt mich schön im fairen Maß
Das Spiel mit mir ein großer Spaß.

Und wenn es dann bald dunkel wird
Räumt man mich auf, ganz unbeirrt.
Dann lieg ich hier im Holzregal
Und freu mich auf das nächste Mal.

FERIEN

Die Uhr sagt uns, endlich soweit
Koffer gepackt, wir sind bereit.
Und freuen uns auf neue Zeit
Für jeden etwas, gibt kein Neid.

Das Flugzeug startet, es geht los
Ein Abenteuer so grandios.
Die Herzen schlagen, Glück ist groß
Der Urlaub wird bestimmt famos.

Andere Menschen, fremde Länder
Erleben wir, ganz ohne Ränder.
Schließen Freundschaft, neue Bänder
Von Januar bis zum Dezember.

Die Sonne scheint, das Meer ist blau
Das Essen lecker wie Kakao.
Die Zeit verfliegt, drum bleib' ich schlau
Genieße alles ganz genau.

Dann ist vorbei die tolle Reise
Kommen zurück, Zuhause leise.
Gedanken bleiben, tiefe Kreise
Leben gelebt, auf schöne Weise.

DER LIEBEN WORTE TROST

Jubel, Trubel, Heiterkeit
Bin zu allem stets bereit.
Blick nach vorne, Freude groß
Das Dasein hier ist so grandios.

Viel zu lernen, steter Kreis
Talent gefragt und noch mehr Fleiß.
Manchmal schwer und manchmal leicht
Unstet der Weg, bis man's erreicht.

Momente kommen, lebensecht
Da gibt's kein Weiter, ungerecht.
Die klare Antwort null in Sicht
Entfernte Lösung, weiß es nicht.

Ich bin schon groß und stolz dazu
Wenn ich's nicht kann, traurig im Nu.
Zum Glück gibt's jemand, der es zeigt
Bin dankbar dafür, tief verneigt.

Brauch mich nicht schämen, egal wo
Keiner kann alles einfach so.
Zusammen weiter, ganz getrost
Mit lieben Worten, tiefer Trost.

ZWEI BRÜDER

Großer Bruder, kleiner Bruder
Aus gleichen Blut, jeder ein Ruder.
Im Boot des Lebens geht's voran
Paddeln drauf los bis irgendwann.

Zusammen lachen, weinen, toben
Entwickeln uns, so viel zu loben.
Und wenn wir streiten ab und an
Ist schnell vorbei, versöhnt spontan.

„Du bist schon groß aus meiner Sicht
Dein Handeln hat schon viel Gewicht.
Und kannst schon viel, ich will das auch
Mit fehlt noch manches, was ich brauch."

„Hab noch Geduld, es geht so schnell
Aus dunkel wird ganz plötzlich hell.
Ich lernte es und zeig's nur dir
Komm mit mir mit und bleib bei mir."

So tief verbunden, und besonders
Gleich im Herzen und doch anders.
Egal was kommt, wir sind für uns
Für immer eins, einfach zwei Jungs.

HANDLUNGEN

Was wir sagen, viele Worte
Gute, schlechte, jede Sorte.
Sei sensibel und gib acht,
Was du redest, hat viel Macht.

Was wir denken, weite Kreise
Gehen ständig auf die Reise.
Und bestimmen, was geschieht
Drum sei ehrlich und bemüht.

Was wir machen, all die Tage
Hat stets Folgen keine Frage.
Drum walte immer mit bedacht
Augen auf in tiefer Nacht.

Was wir lassen, öfter immer
Konsequenzen stetig schlimmer.
Handeln muss man, sei es drum
Oft genug fragt man warum.

JAHRESZEITEN

Ich bin der Frühling, fang mal an
Beginn das Jahr mit Blütendrang.
Die Welt erwacht ganz ohne Zwang
Es tut so gut der Vögel Klang.

Dann komme ich, es geht nun weiter
Gestatten, Sommer, wie kein Zweiter.
Ach sind wir fröhlich und stets heiter
Ganz oben auf der Lebensleiter.

Ja ich weiß, die Sonne schleicht
Doch meine Farben unerreicht.
Die Blätter fallen, Leben weicht
Bin nur Herbst, trotzdem ist's leicht.

Die Welt wird weiß, die Stille hier
Bin Winter und der Schluss von vier.
Das Christkind kommt, offen die Tür
Besinnen uns, sind einfach wir.

Gemeinsam da, die Chemie stimmt
Kommen, gehen, ganz geschwind.
Ein Jeder endet und beginnt
Wandeln bei Zeit, sind was wir sind.

KINDERGEBURTSTAG

Die Nacht war so lang
Der Herzschlag ganz laut
Der Vorfreude Drang
Hat Schlaf sanft geklaut.

Der Morgen erwacht
Es ist nun soweit
Eine Zahl mehr belacht
Neue Wunder bereit.

Die Kerzen, sie brennen
Der Wind aus dem Mund
Bringt Wünsche zum Rennen
Das Leben der Grund.

KRANK

Die Nase läuft, die Wangen rot
Das Leben müde, schwere Not.
Der Kopf, er brummt, alles tut weh
Der Hunger weg, es bleibt nur Tee.

Ich ruh mich aus, leg mich ins Bett
Die Mama sorgt sich so sehr nett.
Das dauert halt, Geduld gefragt
Es wird schon gut, hat sie gesagt.

Erst jetzt bemerkt, wie schön es ist
Wenn man gesund ist, stark vermisst.
Der Körper kämpft, das Fieber tobt
Erst gestern noch so rumgetobt.

Verkrieche mich, die Decke warm
Noch wärmer sind die Worte zahm.
Aus Papas Mund, mit Sinn bedacht
Morgen wird's besser, gute Nacht.

SCHULKIND

Der Morgen erwacht, ich hüpf aus dem Bett
Und putz mir die Zähne, zieh mich an ganz adrett.
Ich spring in die Küche, meine Mama soweit
Das Vesper parat, für den Schulweg bereit.

Ich hol meine Jacke, die Schuhe sind an
Auf dem Rücken mit Ranzen, schreite ich stolz voran.
Dorthin zu der Schule, so besonders der Ort
Wo wahrlich viel wartet, weite Welt ab sofort.

Auf dem Schulhof ganz fröhlich, da treffen wir uns
Wir springen und toben, die Mädchen und Jungs.
Dann läutet die Glocke, es geht endlich los
Hinein in die Zimmer, wir lernen famos.

Die Buchstaben leben, Geschichten geschehen
Wir lesen und schreiben, volle Blätter entstehen.
Die Zahlen entdeckend, wir rechnen sie aus
Zeigen froh das Ergebnis, gepaart mit Applaus.

Gemeinsam sind wir, eine Klasse für sich
Wir helfen, sind höflich, zusammen endlich.
Und endet der Tag, dann ist mir bewusst
Lernen geht immer weiter, ich hab es gewusst.

FRÜHLING

Die Blumen, sie blühen
Die Herzen, sie glühen
Wir tanzen und springen
Wir lachen und singen.

Der Wald voller Leben
Neue Farben für jeden
Die Vögel am Himmel
Ein buntes Gewimmel.

Die Sonne, sie strahlt
Die Landschaft bemalt
Der Frühling erwacht
Mit all seiner Pracht.

WAHRHEIT

Lügen haben keinen Platz
Ganz simpel, nur in einem Satz.
In diesem Dasein zählt so sehr
Die Ehrlichkeit schon immer mehr.

Fehler macht man, das ist klar
Wir sind nur Menschen, offenbar.
Und wenn es kribbelt, voller Scham
Die Wahrheit leitet, legt nicht lahm.

Es scheint erst einfach, Tat verhüllt
Sinnloser Zweck, nur kurz erfüllt.
Erst wenn die Wahrheit kommt ans Licht
Dann gibt der Frieden neue Sicht.

Der Mund spricht nur, was Herzen fühlen
Kein falsches Spiel, kein selbst Betrügen.
Durch wahre Worte öffnen wir
Der schönen Lebenswelt die Tür.

VERFLIXTE HAUSIS

Verflixt nochmal, erneut passiert
Nicht optimal, der Kopf pausiert.
Da war doch was, ich wusste es
Die Haut wird blass, vom ganzen Stress.

Es tut mir leid, ich war kurz weg
So fern und weit, ohne Gepäck.
Die Pflicht verfehlt, ich hol es nach
Heut ist's erzählt, was ich versprach.

So viel zu tun, im Lebensstrom
Kleines Vertun, bereu es schon.
Drum müh ich mich, in Zukunft fein
Und denk an dich, Gewissen rein.

WER BIN ICH?

Ich kann nicht rennen, bin kein Hund
Rausche im Wind, hab keinen Mund.
Kann trotzdem reden, wenn ich will
Mit meinesgleichen, sind nie still.

Hab eine Krone, bin kein König
Auf festem Boden, bleib ich stetig.
Bin Lebensraum, und doch kein Haus
Wenn du mich sehn willst, musst du raus.

Meine Haut ist braun, und ziemlich hart
Mein Sein hingegen, wahrlich zart.
Ganz ohne Hände trag' ich Früchte
Manche sind lecker, nicht nur Gerüchte.

Blätter hab ich, bin kein Buch
Viel von uns krank, ein Hilferuf.
Denn ohne uns, das sag ich dir
Kein Leben möglich dort und hier.

BUNTE TIERWELT

Grau bin ich, die Ohren lang
Und klug dazu, wieg viele Gramm.
Das war doch klar, hast es erkannt
Bin riesengroß, ein Elefant.

Blau bin ich nicht, soviel ist klar
Heiß trotzdem so, ganz wirklich wahr.
Das größte Tier, das im Meer wohnt
Ein Blauwal, ja, bin dran gewohnt.

Gelb die Haut, die Beine lang
Mein Kopf ist klein, grazil mein Gang.
Ich fresse Blätter, hoch am Baum
Giraffe sein ist echt ein Traum.

Orange das Fell, flauschig dazu
Leb' auf dem Baum, in aller Ruh.
Hier bin ich sicher und spontan
Ganz genau, ein Orang-Utan.

Grün mein Panzer, leb' am Fluss
Die Zähne scharf, ein großes Plus.
Schon ewig bin ich hier auf Erden
Ein Krokodil, werd' ewig werden.

Rot sind die Flügel, dekoriert
Mit schwarzen Punkten ungeniert.
Ein kleines Tier, das jeder mag
Marienkäfer, guten Tag!

Rosa Federn trag ich hier
Auf einem Bein stehen zeig ich dir.
In großen Gruppen leben wir
Flamingo heißt gesuchtes Tier.

Schwarz wie die Nacht, so ist mein Fell
Im Dunkeln leb ich, kenn kein Hell.
Hier unten grab ich ohne Zügel
Ein Maulwurf, sitzend auf dem Hügel.

WIND

Komme immer davon
Von etwas geschwind
Bin bescheiden und fromm
Einfach hier, unbestimmt.

Überall auf der Welt
Walte ich meine Kraft
Ewig da, nicht bestellt
Voller Töne lebhaft.

Ich wehe, bin hier
Und traurig, erpicht
Ihr wisst doch von mir
Mir fehlt ein Gesicht.

Nur fühlen könnt ihr
Welch Sturm in mir lebt
Auf Körpern Gespür
Die Lungen belegt.

Ohne mich keinen Staub
Weit wehend hinweg
Still liegendes Laub
Kein Tanzen im Eck.

GRENZENLOS

Ich fühle das Glück
Ein Kribbeln im Bauch
Pure Freude dann auch
Fern hinaus und zurück.

Ich spüre Vertrauen
Hat alles sein Sinn
Für mich nur Gewinn
Ein breites Ausbauen.

Wiege in Sicherheit
Sanft in ihrem Schoß
Ist da einfach bloß
Unendlich und weit.

Der Fantasie freien Lauf
Ich lasse sie raus
Ernte gern den Applaus
Niemals Deckel drauf.

Meine Liebe ist rein
In den Augen ein Licht
Sanftmütige Sicht
Ohne Makel ganz fein.

WALDFEST

Ein kleines Vöglein saß im Nest
Vom Essen gab es keinen Rest.
Es piepste laut, das musste raus
Mit Knurren aus dem Bauch heraus.

„Ich will was essen, ohne Witz,
Kann nichts als Warten hier im Sitz."
Geduldig sein ist oft sehr schwer
Wenn Nahrung fehlt dann um so mehr.

Die Mama war schon lange weg
Und suchend nach dem neuen Snack.
Bis tief im Wald war es zu hören
Hunger plagte und Empören.

Im Wald wurden die Ohren groß
Wer schreit denn da, was ist das bloß?
Und weil man hier zusammen lebte
Ein jeder sich nun schnell bewegte.

Mit einer Nuss unter dem Arm
Ein Eichhörnchen als erstes kam.
„Hier nimm, sie ist für dich allein.
Zögere nicht, es schmeckt ganz fein."

Als nächstes kam ein Bär herbei
Mit einer Schale Beerenbrei.
„Das ist so lecker, koste mal.
Für dich gemacht, ne gute Wahl."

Kurz darauf, man glaubt es kaum
Stand da ein Igel unterm Baum.
Im Mund ne Larve mitgebracht.
„Was Köstliches, hab ich gedacht!"

Dann kam die Biene angeflogen
Mit süßem Honig, ungelogen.
„Was gelbes Schönes bring ich dir,
Mit Fleiß gemacht und viel Gespür."

Auch ein Rehlein war nicht weit
Für Unterstützung gern bereit.
Es brachte Kräuter und auch Knospen
„Hier, darfst gerne davon kosten."

Zum Schluss trabte ein Wildschein an.
Mit frischen Wurzeln aus dem Schlamm.
„Das kann ich sagen, ungezwungen,
Zergehen förmlich auf den Zungen."

Das Nest war voll von all dem Essen
Nur eines hatten sie vergessen.
Die Hilfsbereitschaft war zum Staunen
Doch war das nichts für seinen Gaumen.

Es piepste weiter vor sich hin
Immer lauter sonst wohin.
Dann endlich kam die Mama wieder
Futter dabei, setzte sich nieder.

„Wo hast du denn das Essen her?"
Fütterte rasch, wunderte sich sehr.
„Das ist von allen aus dem Wald
Ich hatte Hunger, einfach halt."

„Das ist ja nett, und weißt du was?
Hab die Idee, ganz toll wird das.
Alle, die halfen, sind willkommen
Zu uns geladen ganz besonnen."

Und so geschah es sonderbar,
Nach und nach die Tiere Schar.
Kamen zurück ganz nah ans Nest
Und feierten im Wald ein Fest.

KINDER SEHEN ANDERS

Dieses Geld, nur Papier
Kenne nicht diese Gier.
Ich nehme ein Stift
Male drauf ein Gesicht.

Diese Macht, immer Krieg
Nur verlieren, kein Sieg.
Viele Grenzen sind schuld
Lösche sie mit Geduld.

Diese Liebe, gespielt
Bös gemeint, nicht gefühlt.
Zeichne stets rotes Herz
Ernst gemeint ohne Scherz.

Dieses Leben, bizarr
Kompliziert, sonderbar.
Finde trotzdem mein Platz
Jeder Tag neuer Schatz.

AFFE AUF DEM BAUM

Sitze gerne hier oben, direkt in der Krone
Ein König des Waldes, wie auf dem Throne.
Der Weitblick genial, die Aussichten gut
Nur Dschungel und Frieden, das Leben macht Mut.

Hier kann ich genießen, ausruhen und staunen
Der Wind im Gesicht, flüstert mir schönes Raunen.
Ich lasse mich treiben, die Zeit ist egal
Es zählt nur das Jetzt, ganz einfach banal.

Doch plötzlich Geräusche, die Stille durchbrochen
Am Horizont Rauch, lautes Hämmern und Pochen.
Dann höre ich Donnern, vom Wetter kommt's nicht
Bedrohlich und nahe, ein fremdes Gesicht.

Ganz flink muss ich sein, zu den Wurzeln herab
Getöse, Gebrüll, der Abstand wird knapp.
Dann renne ich los, so schnell wie ich kann
Durch Sträucher und Pflanzen, Pfützen und Schlamm.

Atemlos und erschöpft, hinter mir wird es leiser
Meine Stimme fast weg, vom Brüllen ganz heißer.
Was ist wohl passiert, verstehe es kaum
Muss weiter nun ziehen, bis zum letzten Baum.

STREIT

Die Wangen sind rot
Fäuste in der Luft
Die Geburt großer Not
Trifft nun alle mit Wucht.

Die Augen schon feucht
Der Stress vehement
Man atmet und keucht
Der Körper, er brennt.

So sensibel und fein
Keiner will diesen Streit
Es musste wohl sein
Zum Frieden bereit.

UNWELT

Da war einst ein Baum
Für so viel Lebensraum.
Der Wald ist nun weg
Abgebrannt ohne Zweck.

Da war einst ein See
Um ihn rum Rosenklee.
Ausgehungert und leer
Nur noch trockenes Meer.

Da war einst ein Tier
Viel zu oft im Visier.
Und zu wenig umsorgt
Ohne Rückkehr nun fort.

Da war einst die Sonne
Lebensfroh, pure Wonne.
Für die Erde zu stark
Auf die Knie tiefer Schlag.

Da war einst das Eis
Ewig weit schönes Weiß.
Nun schmilzt es dahin
Unterschätzt tiefer Sinn.

Da war einst die Welt
Unbezahlbar mit Geld.
Durch Gier ausgeraubt
Verschmutzt und verstaubt.

SCHMERZ

So unverhofft manchmal
Tritt er plötzlich ein.
Und sticht mich total
Schafft mir solche Pein.

Mal kommt er von außen
Die Knie angekratzt.
Vom Toben da draußen
Die Freude zerplatzt.

Innerlich oft passiert
Kein Erkennen zuhauf.
Mein Sein torpediert
Der Druck wiegt darauf.

Tränen fließen, ich schweig
Trost findend in Armen.
Bis ich selber obsieg
Loslösend vom Warmen.

DSCHUNGEL

Hier tief im Dschungel
Sind die Wege wie Tunnel
Viele Tiere und Pflanzen
Nicht zu fassen im Ganzen.

Alles dicht und verwachsen
Da Geräusche, dort Knacksen
Großes Krabbeln und Kriechen
Tolle Düfte zum Riechen.

Der Natur viele Launen
Lösen aus tiefes Staunen
Eine Welt voller Leben
Faszinierend für jeden.

Für die Erde die Lunge
Streckt schon raus ihre Zunge
Ein Lechzen nach Einklang
Ohne Leiden und Zugzwang.

Bleibe noch, tiefer Wald
Beispiellos dein Gehalt
Dieser Wert niemals alt
So wie deine Vielfalt.

SPIELEN

„Was ist nun, sag schon?
Das Warten, es schlaucht."
„Hab wohl keine Option
Werde wieder gebraucht."

„Und wann hast du Zeit?
Ich spür sie und fühl."
„Bin bald schon bereit.
Wenig oft viel zu viel."

„Los, komm mit mir mit.
Ich zeig' es dir schon!"
„Vertraut leiser Schritt.
Fließend in deinem Strom."

„Es geht endlich los.
Das Spielen beginnt!"
„Wie du lachst, so grandios,
Werde mit dir ein Kind!"

SOMMER

Lecker schmeckt das Eis
Es ist heut wirklich heiß
Besonders diese Tage
Ein Glücksfall ohne Frage.

Die Sonne strahlt im Gelb
Ein Himmel blau bestellt
Im Jetzt bin ich bereit
Nie verloren diese Zeit.

Halt ihn noch etwas fest
Im August sein letzter Rest
Er ging so schnell vorbei
Rastlos war ich dabei.

DIE UHR

Tick, tack, tick, tack
Sei bloß auf Zack.
Es geht so schnell
Dunkel und hell.

Tick, tack, tick, tack
Bleib stets im Takt
Der Tag ist kurz
Es ist nichts schnurz.

Tick, tack, tick, tack
Guter Geschmack
Hat wer erkennt
Das Leben rennt.

Tick, tack, tick, tack
Unendlich Fakt
Die Zeiger reisen
In steten Kreisen.

Tick tack, tick, tack
Sorgen im Sack.
Genieß die Zeit
Sei stets bereit.

Tick, tack, tick, tack
Die Stunden knapp
Die Uhr bin ich
Und fordere dich.

DINOSAURIER

Aus anderer Zeit
In der Ferne so weit
Keine Eile und Uhr
Ihr wart einfach nur.

Lebendig und groß
Dieser Anblick famos
Ehrfürchtig und Staunen
Auftritte mit Raunen.

Von euch gab es viele
Kleine, große, grazile
Jeder tat was er kann
Bis er ging irgendwann.

Jetzt sind es nur wir
Die leben im Hier
Ihr seid bloß noch Stein
Vieles bleibt wohl geheim.

Wir denken daran
Einst wart ihr mal dran
Und halten euch fest
Im Herzen den Rest.

REGENBOGEN

Am Himmel erschienen
Dunkel Wolken zuhauf
Betreten die Bühnen
Bestimmen den Lauf.

Die Sonne verschwunden
Kühl geworden die Welt
In kommenden Stunden
Neuer Regen bestellt.

Die Tropfen, sie fallen
Freue mich für die Pflanzen
Finde wahrlich gefallen
Wie sie trinken und tanzen.

Am Fenster vom Haus
Hoffnungsvoll ungelogen
Schau ins Graue hinaus
Wartend auf bunten Bogen.

CHRISTKIND

Ein schöner Abend ungefragt
Alle zusammen und erstarkt.
Voller Wunder, diese Zeiten
Am Winterabend uns begleiten.

Der Duft nach Zimt und gutem Essen
Üppiges Mahl wohl angemessen.
Das Fest genährt an Herzen Lichter
Bestärkt durch lachende Gesichter.

Da drüben steht er, grüne Pracht
Geschmückt mit liebevoller Macht.
Die Kerzen leuchten an ihm dran
Zieht jedes Kind in seinen Bann.

Dann wird es dunkel, Spannung steigt
Die Glocke lautet, alles schweigt.
Das Licht geht an, die Freude groß
Ein Zauber waltet, ganz famos.

Am Baum nun sitzen wir vereint
Jemand war da, hat's gut gemeint.
Für jeden ist ein Päckchen da
Christkind, dich gibt es, ist wohl wahr.

VOGEL SEIN

Vogel sein wär toll
Mein Herz wäre ganz voll.
Die Flügel groß und stark
Bewegen sich autark.

Vogel sein wär schön
Mein Herz voll von Ideen.
Ich treibe einfach mal
Und gleite sanft ins Tal.

Vogel sein wär nett
Mein Herz poltert komplett.
Ich pack leichtes Gepäck
Und fliege einfach weg.

Vogel sein, ein Traum
Mein Herz mit Sorgen kaum.
Wenn hier scheint viel gemein
Weit fern kann ich schnell sein.

Ich wünsch es mir so sehr
Mein Herz wird langsam schwer.
Wer macht denn jetzt aus mir
Ein federleichtes Tier?

ACHTERBAHN

Die Warteschlange noch sehr lang
Hoffe so sehr, ich bin bald dran.
Die Ungeduld, tief in mir wächst
Geht kaum voran, ist wie verhext.

Nach langer Zeit steh ich nun vorn
Der Zug hält an, freu mich enorm.
Ich steige ein, schnalle mich an
Gleich geht es los, ich bin jetzt dran.

Dann startet sie, den Berg hinauf
Die Spannung steigt, alle gut drauf.
Dann wird es schnell, und rattert laut
Wind im Gesicht, hab mich getraut.

Die Arme hoch, schrei alles raus
Die Augen zu, schaue voraus.
Spüre das Leben, wahres Hier
Greife danach, denn es ist mir.

Die Bahn ist so wie ich mich fühl
Mal hoch, mal tief, Lebensgewühl.
Mal schnell, mal langsam, ohne Not
Mal blasse Haut, mal feuerrot.

ZEITSPIEL

Langeweile besticht
Kein Zug war in Sicht.
Ich stand da am Gleis
Dachte mir einen Kreis.

Lief ihn ab mit Gemach
Wie ein Zeiger einfach.
Erst war ich Sekunde
Drehte stets meine Runde.

Dann war ich Minute
Eine langsame Route.
Bei der Stunde ganz helle
Stand ich nur auf der Stelle.

War im Spiel so sehr tief
Als die Uhr weiterlief.
Plötzlich kam dann der Zug
Zeit verging wie im Flug.

LACHEN

Ist wie Zaubern
Löst was aus
Ohne Zaudern
Einfach raus.

Klar und rein
Humor ist dran
Fröhlich sein
Steckt einfach an.

Kinderlachen
Wie Medizin
Lebenserwachen
Herzen glühen.

QUATSCH

Wir sollen sie nicht machen
All diese schönen Sachen.
Für euch kein Sinn ergeben
Für uns bloß einfach Leben.

Wir sollen sie nicht tun
Und ernten Spott statt Ruhm.
Für uns ist es viel mehr
Austesten noch so sehr.

Wir sollen das wohl lassen
Eckig ins Rund muss passen.
Das was wir tun ist lernen
Auf unsrem Weg gen Sternen.

Wer macht schon alles richtig
Die Welt ist so vielschichtig.
Drum seid nicht stets so ernst
Einfach Lachen sonst verlernst.

KÄFER IM GLAS

Was ist passiert, wo bin ich hier?
Begreif es nicht, steh' neben mir.
Alles war gut, bis gerade eben
Türen offen, weites Leben.

Ich sitze fest, kaum Platz hier unten
Lauf hin und her, bin stark geschunden.
Das harte Glas, dort oben offen
Die Freiheit ruft, bin tief betroffen.

Ich kämpfe, zapple wild umher
Die Fühler schuften noch so sehr.
Gebe nicht auf, das Ziel ist klar
Kann hier nicht bleiben wirklich wahr.

Draußen die Welt, ganz fest im Blick
War noch nicht fertig, will zurück.
Die Wände glatt, kaum Zuversicht
Wer hilft mir raus, allein geht's nicht.

Ganz leicht ist es, reich mir die Hand
Ich hüpfe darauf, bin schon gespannt.
Trag mich heraus, zur Wiese fein
Und setz mich ab, Rest geht allein.

KUMMER

Dann tut es weh
So ist das halt
Ein Tränensee
Gestiegen bald.

Weil jemand geht
Oder man lügt
Hoffnung ablebt
Sich still betrügt.

Zwei Arme dann
Offen bereit
Sie fangen an
Und lindern Leid.

Der Regen prompt
Brachte das Nass
Doch danach kommt
Sonne und Spaß.

MÄRCHENTAG

Aufgewacht, die Decke schwer
Bin noch so müde, wirklich sehr.
Ein Feen Staub schwebt über mir
Und macht mich munter plötzlich hier.

Klamotten fliegen zu mir hin
So macht das Anziehen Spaß und Sinn.
Ich muss nur mit der Schulter zucken
Zähne geputzt, ganz ohne schrubben.

Ein grüner Kobold holt mich ab
Trägt Schulranzen Treppen hinab.
Gepackt hat er ihn auch schon lang
Kann frühstücken ganz ohne Zwang.

Draußen regnet es so stark
Ich blinzle einmal ganz autark.
Die Wolken weg, Sonne bereit
So ist es schöner, weit und breit.

Die Füße tun mir etwas weh
Der Schulweg weit, ojemine.
Ein Einhorn kommt und bringt mich gern
Zum Unterricht, egal wie fern.

Dort angekommen läuft es rund
Die graue Schule mach ich bunt.
Wie viele Pinsel meine Finger
Mal alles aus, bin Farbenbringer.

Im Klassenraum, man glaubt es kaum
Die Mathebücher wie im Traum.
Lösen sich fast wie von selber
Ein Blick reicht aus auf leere Felder.

Auch schreiben ist heut gar nicht schwer
Die kleine Elfe hilft mir sehr.
Sie hält den Füller, setzt ihn an
Schreibt auf, an was ich denken kann.

Nach der Schule wartet auf mich
Ein großer Drache ansehnlich.
Ich setz mich auf ihn, Flügelschlag
Wir fliegen los, was für ein Tag!

Unter uns die schöne Welt
So einzigartig, wie bestellt.
Es braucht kein Zauber um zu sehen
Ist wunderbar, auf was wir gehen.

Nach dem Ausflug wirklich nett
Fliegt mich der Drache rasch ins Bett.
Der Tag war lang und einfach toll
Bin froh und glücklich, Herz ist voll.

Am Himmel formen sich die Sterne
In ein Gesicht mit voller Wärme.
Ein schönes Lied es leise singt
Schlaf friedlich ein, so ganz geschwind.

FÜR IMMER WIEDERSEHEN

Kam auf die Welt und bleibe hier
An deiner Seite, nah bei dir.
Im Arm, im Herzen, überall
Egal was kommt auf jeden Fall.

Schau zu dir rauf und frage dich
Was wartet auf der Welt für mich.
Denn was du kannst und wie du bist
Ein Vorbild stark mit großer List.

Ich geh mein Weg, versuche es
Erfolge, Scheitern, ein Prozess.
Und dabei sehe ich zuvor
In deinen Augen Stolz empor.

Vergiss es nicht, sei nicht so ernst
Und dass du's niemals mehr verlernst.
Alleine sein, das gibt's nicht mehr
Bin da ganz ohne Wiederkehr.

FÜR ERWACHSENE

BLAUE STUNDE

„Guten Abend, du Schöne
Endlich bist du erwacht.
Elegant, kein Getöne
Auf Anmut bedacht.

Bringst Sterne mit dir
Begleitend vom Mond.
Mein Abschied im Hier
Hast gefehlt, werd' belohnt."

„Deine Sonne blass scheint
Wiederkehrender Traum.
Im Blau kurz vereint
Schaffe ich neuen Raum.

Und walte dann leise
Von Sehnsucht bestellt.
Bis das Rot neu im Kreise
Morgen früh dich erhellt."

AUFTRITT

Ich hab was geschrieben
Es musste wohl raus
Kein Wort übertrieben
Ein offenes Haus.

Ich erzähle es jetzt
Egal was passiert
Auch wenn es verletzt
Die Wahrheit regiert.

Ich hab es gesagt
Die Augen sind groß
Konsequenzen vertagt
Die Wirkung famos.

Ich bin wieder weg
Kurz war ich so hell
Im Dunklen ein Fleck
Nicht mehr aktuell.

BLICK INS WEISSE

Die Arme, sie liegen verschränkt auf dem Tisch
Der Kopf lehnt darauf, und fühlt sich im Stich.
Der Mund, er bleibt gleich, keine Regung in Sicht
Der weitere Weg, gleicht fahlem Gesicht.

Die Zeit, sie steht still, trotzdem tickt die Uhr
Das Ohr nimmt es auf, noch mehr als zuvor.
Im Körper rumort es, die Glieder nervös
Der Ausweg verschleiert, ist grau nebulös.

Auf der Stirn zeigt sie sich, die Haut neu gefaltet
Vom Leben gezeichnet, vom Moment neu verwaltet.
Die Augen sind müde, ins Leere der Blick
Kaum was noch zu sehen, es gibt kein Zurück.

Wo vorher was war, ist wieder nichts mehr
Farbenlos, diese Welt, Gedanken sind schwer.
Das Dasein gefühlt wie ein einsames Blatt
Nicht beschrieben und weiß, unberührt ewig matt.

OHNE

Weite ohne Sicht
Bilder ohne Licht
Regel ohne Spiel
Vorgabe ohne Ziel.

Fenster ohne Zeit
Karte ohne Leid
Schein ohne Sonne
Führer ohne Kolonne.

Krone ohne Baum
Gäste ohne Zaun
Ehe ohne Schein
Lehre ohne Sein.

Schmerz ohne Herz
Blume ohne März
Lust ohne Liebe
Kind ohne Wiege.

Fest ohne Feuer
Geld ohne Steuer
Glut ohne Leben
Wert ohne Streben.

MENSCHHEIT 3-

Sind wie wir sind
Erwachsen und Kind
Gute und schlechte
Verlogen und echte.

Lieben und hassen
Verbieten und lassen
Helfen, vergeigen
Abfallen und steigen.

Verstehen, vergessen
Kein klares Ermessen
Demut oft verkannt
Arrogant, nonchalant.

Wir zählen die sieben
Treibend von Trieben
Obsiegen, verlieren
In Wahrheit Blamieren.

Und dann dieser Stolz
Oft falsch, morsches Holz
Verbaut uns dem Weg
Auf sicherem Steg.

Das Denken an mich
Jeder dreht sich um sich
So geht es nicht hier
Zu viele sind wir.

Wir lernen es nie
Leben sinkt auf die Knie
Ich schließe die Augen
Mehr Traum als dran glauben.

RENAISSANCE

Finster die Nächte, still graue Tage
Dunkel die Mächte, verzweifelte Lage.
Kein Vorwärts im Blick, die Wege versperrt
Der Schritt nur zurück, Illusionen verzerrt.

Die Sonne verdeckt, die Wolken, sie weinen
Die Füße verdreckt, tief im Schlamm mit den Beinen.
Nur leere Gesichter, das Lächeln verschwunden
Unfair ohne Richter, an das Schicksal gebunden.

Und dann aus dem Nichts, am Ende der Welt
Im Glanze des Lichts, das Hier neu erhellt.
Die Gedanken nach vorn, im Fokus das Jetzt
Schöner Sinn, runde Form, kalte Ecken ersetzt.

Ich spüre die Wandlung, der Frieden kommt auf
So klar diese Handlung, einfach gut der Verlauf.
Vorbei ist die Not, fühle mich auserkoren
Wie die Welt war ich tot, bin nun wiedergeboren.

UNENDLICHKEIT

Es war soweit, Schicksal bestellt
Im Herbst und Lenz neu auf der Welt.
Allein die Wege, schnell entrannt
Gelernt das Leben, unerkannt.

So kam es prompt, an einem Tag
Noch klein das Herz, und trotzdem stark.
Die Wege kreuzten, Sonne knallt
Erkannten uns, und mochten halt.

Dann waren wir, im Leben zwei
Zusammenhalt, und trotzdem frei.
Wir wurden groß, die Herzen auch
Erlebten stets, ein Wunder Hauch.

Verlässlichkeit, Vertrauen pur
Jemand ist da, viel mehr als nur.
Die Liebe hat auch andere Form
So tief, erfüllend, neue Norm.

Einfach geschieht es, reines Tun
Wir leben, Dasein, kein Vertun.
Jeder geht weiter, seinen Weg
Trotzdem vereint, niemals unstet.

Die Welt komplex, die Sorgen groß
Beschränkt, verhext was bleibt uns bloß?
Ich sag es dir, es ist ganz leicht
Unendlichkeit, nicht nur vielleicht.

FALSCH BESTELLT

Nun steh' ich da
Abseits von dem Treiben
Dekoriert wunderbar
Muss länger noch bleiben.

Es schmilzt was in mir
Meine Würfel verschwinden
Unbeachtet im Hier
Darf ich mich nicht binden.

Und nach einer Weile
Bin ich nicht was ich soll
Vorbei jede Eile
Nur kurz war ich toll.

AKROSTICHON

Hab schon so viel versucht
Immerzu, oft geflucht
Leider leer dieser Weg
Farbenlos ohne Steg

Ein Gefühl auf der Flucht.

WÜSTE

Staubtrocken die Luft
Meine Lungen belegt
Weit entfernt Blütenduft
Müdigkeit, neu belebt.

Große Macht, heißer Kreis
Himmelblau, bodengelb
Wassertropfen vom Schweiß
Schwinden im öden Feld.

So verschleiert die Sicht
Keine Richtung, kein Ziel
Lebensfremdes Gesicht
Leicht erkannt, doch subtil.

Bin gefangen in ihr
Und nun endlich bereit
Beuge mich dieser Gier
Augen zu, Ewigkeit.

ANGST

Ein Kribbeln im Bauch
Die Hände feucht kalt
Atem kurzer Hauch
Weiche Knie, kaum Halt.

Plötzlich einfach da
Erscheint im Moment
Wo zuvor noch nichts war
Waltet sie vehement.

Rätselhaft, was sie macht
Bestimmt oft mein Sein
Im Kopf ausgedacht
Eine Warnung vor Pein.

Drum gebe ich acht
Höre auf mein Gefühl
Wenn sie sich entfacht
Ernst gewordenes Spiel.

Ich freue mich schon
Dann wenn sie sich legt
Dankend für die Lektion
Neuer Lebenswind weht.

LEBEN UND SPORT

Das Leben ist kein Sport.
Man kann nicht einfach aufhören,
Wenn man erkennt,
Dass man es nicht gut kann.

Das Leben ist kein Sport.
Man kann nicht einfach pausieren,
Wenn man bemerkt,
Dass man verletzt ist.

Das Leben ist kein Sport.
Man kann nicht einfach aufgeben,
Wenn man einsieht,
Dass die anderen besser sind.

Das Leben ist kein Sport.
Man kann sich nicht auswechseln lassen,
Wenn man feststellt,
Dass man erschöpft ist.

Das Leben ist Sport.
Man verliert und gewinnt.
Jeden Tag aufs Neue.
Bis zum Abpfiff.

KREUZ

Ich spüre die Last
Auf diesem Kreuz
Meines Herzens.
Stiche, Schmerzen
Leiden, Zweifeln.
Eine komplexe Welt voller Werte, Träume und Wünsche.
Familie, Kinder, Freunde, Arbeit, Geld, Verwirklichung.
Möchte erschaffen.
Geborgenheit geben.
Gerecht werden.
Wissen verbreiten.
Erfahrung teilen.
Helfen. Zuhören.
Beraten. Trösten.
Halten. Ermutigen.
Fördern. Lassen.
Lieben. Vergeben.
Freuen. Staunen.
Ruhen. Fallen.
Spüren. Fühlen.
Einatmen. Werden.
Ausatmen. Sein.
Einfach nur sein.

INSEL

Hier sind sie gestrandet
Einsam und verlassen.
Von Tiefen umrandet
Kaum noch zu erfassen.

Hier sitzen sie fest
Am zweifeln und suchen.
Kein sicheres Nest
Nur flehen und fluchen.

Hier gehn' sie im Kreis
Kein Ausweg in Sicht.
So vieles bleibt weiß
Ein leeres Gesicht.

Hier können sie wachsen
Und Schaden erschaffen.
Die Seele zerkratzen
Ganz leicht ohne Waffen.

Hier bin ich mit ihnen
Ein ewiges Zanken.
Müde vom Bedienen
Dasein am Schwanken.

MASKE

Ich bin ganz entzückt, so schön sieht es aus
Das Antlitz beglückt, ich mach mir was draus.
Die Augen vertraut, das Lächeln ein Zauber
Die fein schöne Haut, keine Stelle unsauber.

Erkenne zu spät, sie spielt falsches Spiel
Ist wie ein Magnet, anziehend subtil.
Ich komm nicht mehr weg, bin in ihrem Bann
Es hat keinen Zweck, längst verlorn' irgendwann.

Dann fällt sie herab, aus Dunkel wird Licht
Der Schrecken nimmt ab, das wahre Gesicht.
So traurig und fahl, aber endlich mal echt
Vergessen und kahl, dachte, mir geht es schlecht.

WAS WAR

Erst war da ein Blick
Atemlos, kein Zurück.
Dann wurde er knapp
Und wandte sich ab.

Erst war ein Gefühl
Riesengroß und subtil.
Dann wurde es klein
Ungerecht und gemein.

Erst war da die Liebe
Voll entfacht, und solide.
Dann flog sie im Wind
Ewig weg, ganz bestimmt.

Erst war da ein Nest
Familiär und ganz fest.
Dann kamen die Stürme
Und stürzende Türme.

Erst war es dann leer
Lebensmüde, unfair.
Dann nur dunkelgrau
Farbenlos, ganz genau.

Erst erkennt man den Sinn
Auf Verlust folgt Gewinn.
Dann lässt man es zu
Schnürt sich wieder die Schuh.

Erst macht man den Schritt
Neuer Film ohne Schnitt.
Dann zerfällt dieses Kleben
Es beginnt neues Leben.

BRUCH IM ALLTAG

Ein Kommen und gehen
Zusammen, getrennt.
Drauf warten, sich sehnen
Ein Wunsch vehement.

Die Stunden sind kostbar
Die Zeit dennoch knapp.
Ein Ende schon sichtbar
Der Fels rollt hinab.

Im Alltag ein Bruch
Geheilt, neu entfacht.
Viel mehr als ein Spruch
Vom Schicksal gemacht.

Sie beginnt mit der Drei
Rechnung des Gedichts.
Zieh ab davon Zwei
Und übrig bleibt nichts.

DENUNZIANT

Weiß, was mir gut tut
Was ich eigentlich will
Doch ich finde kaum Mut
Mein Schreien bleibt still.

Muss mein Leben nur lieben
Derart einfach es klingt
Mich nicht mehr verbiegen
Nehmen, was es mir bringt.

Zu mir selber gemein
Meistens ist so der Stand
Ich verrate mein Sein
Dränge mich an den Rand.

Mit mir selber zu zweit
Schwöre auf neuen Eid
Spiegelbild voller Leid
Brauche noch etwas Zeit.

DÜRRE

Er rauschte entlang, mit Stolz Richtung Meer
Ein stetiger Strom, energievoll so sehr.
Das Ziel stets im Blick, die Kräfte enorm
Der Weg war bestellt mit glasklarer Form.

Eine Quelle des Seins, eine Ader der Welt
An den Ufern viel Leben, das Grün, es gefällt.
Immerzu neue Freunde, sie schlossen sich an
Machten ihn nur noch größer, und stärkten den Gang.

Es geschah nach und nach, er verlor seine Kraft
Die Nahrung nun knapp, aus dem Himmel kein Saft.
Einst tosend und laut, alles hatte sein Sinn
Sein Lauf wurde kleiner, plätschert leise dahin.

Und dann war er weg, das Blaue verschwunden
Ein verlassendes Bett, tief sitzende Wunden.
Zurück bleibt nur Erde, aufgerissen und fahl
Hoffentlich bald zurück, bis dahin nur Qual.

KARUSSELL

So viel bunte Lichter
Glückliche Gesichter.
Von Musik untermalt
Mit Lachen bezahlt.

Ich stelle mich an
Schon bald bin ich dran.
Die Türe geht auf
Ich setz mich da drauf.

Und warte gespannt
Bin nervös und gebannt
Dann geht es prompt los
Freudenvoll riesengroß.

Ich lasse mich treiben
Will lange noch bleiben
Mein Leben im Kreis
Bleibe auf meinem Gleis.

TRAUM

Hoffe still, er ist echt
Faszinierend zurecht
Dieses samtweiche Dort
Plötzlich hier immerfort.

Ein Gefühl groß massiv
Wundervoll kreativ
Alle Schritte ganz leicht
Jede Hürde so seicht.

Sanftes Schweben im Glück
Stetig vor, nie zurück
Alles passt, Stein auf Stein
Seele, Herz, alles rein.

Plötzlich wache ich auf
Augen zu, Lider drauf
In Gedanken noch da
Schöne Welt, wirklich wahr.

HASARDEUR

Opportun offensiv
Skrupellos intensiv.
Der Kopf durch die Wand
Im schürenden Brand.

Handlung ohne Zwang
Die Lust steter Drang.
Nebendran ist egal
Toleriert neue Qual.

Der Blick auf das Ich
Fokussiert nur für mich.
Meine Handlung entzweit
Leidensmeer ewig breit.

Renne einfach hinein
Wenig Sinn, fast nur Schein.
Und verliere mein Speer
Alle anderen noch mehr.

MENSCH UND ZEIGER

„Bleib bloß stehen noch ein Stück
Kein nach vorne, kein zurück!
Ich brauche kurz und du musst warten
Nur jetzt kann ich Gewolltes starten!"

Der andere schaute ihn nur an
Wohl wissend, wie es geht, das Wann.
Und lief prompt weiter auf die Zwölf
Tat was er muss ohne Behelf.

„Ach, was gerade eben ging
Das geht auch später, einfach Ding.
Geduld und Pause kenn' ich nicht
Im Kreise laufen meine Pflicht.

Wichtig ist nur, dass du es willst
Und deine Sehnsucht langsam stillst.
Ob heute, morgen, ganz egal
Am Schluss bleibt's immer deine Wahl."

Und so ging jeder seinen Weg
Einer auf gemachtem Steg.
Der andere dort an der Uhr
Der Lauf der Dinge, einfach nur.

SCHAUKEL

Vor und zurück
Hinauf und hinunter.
Ich spürte das Glück
Freudvoll und munter.

Der Blick nun zum Boden
Die Zeit, sie steht still.
Bin unten, nicht oben
Weiß nicht, was ich will.

Ich sitz einfach hier
Keine Ahnung wohin.
Und kann nichts dafür
In mir ist nichts drin.

Wenn andere spielen
Was ich nicht so mag.
Worauf nur abzielen?
Ewig lang heut der Tag.

Ich möchte es doch
Nur ein Schubsen reicht.
Ich kann es ja noch
Oder doch nur vielleicht?

Geduldiges Warten
Bis etwas passiert.
Dann wieder neu starten
Genug jetzt pausiert.

SCHNEEMANN

Drei Kugeln in weiß
Gebaut mit viel Fleiß
Und so steh ich da
Freude groß, wunderbar.

Als Nase, die Möhre
Laut lachen die Chöre
Die Augen und Mund
Aus Steinen ganz rund.

Am Bauch viel Knöpfe
Fantasievolle Köpfe
An den Seiten dazu
Kugelhände im Nu.

Mein Gesicht lächelt froh
Gut getroffen, ist so
Spaß und Tanz um mich rum
Möchte lachen, bleib stumm.

Rote Herzen ganz laut
Schlagen bestens gelaunt
Frage mich, schau hinab
Ob ich auch eines hab?

Und dann kommt die Zeit
Dachte, sie ist noch weit
Auf der Welt wird es warm
Und mein Zweck wohl getan.

Sage tschüss, denn das war's
Nur noch Pfütze im Gras
Und mein Herz liegt darin
Kurzes Glück hatte Sinn.

STILLSTAND

Im Moment alles still
Kein vor, kein zurück.
Auf der Suche nach Glück
Ungeformtes Kalkül.

Wie die Feder im Wind
Steige auf, falle tief.
Manchmal klug, dann naiv
Ein unschuldiges Kind.

Schon so viel getan
Erreicht und gelebt.
Nach Gutem gestrebt
Fern ab jedem Wahn.

Die Zukunft ist weiß
Unbemalt und obskur.
Ohne Hinweis, die Spur
Kein Halt und kein Preis.

Und so sieht es aus
Ich spreche vom Jetzt.
Die Gedanken besetzt
Sonst nichts, kein Applaus.

KAMINFEUER

Schnee wohin das Auge reicht
Der Horizont vom Weiß gebleicht.
Die Kälte schließt die Menschen ein
Verkriechen uns im warmen Heim.

Der Tag beginnt, spät wird es hell
Und lebt nur kurz, ein dünnes Fell.
Die Dunkelheit bestimmt die Zeit
Rücken zusammen, sind bereit.

Neu aufgeflammt, genährt durch Holz
Zeigt seine Flammen voller Stolz.
Und spendet Licht wo Schatten war
Die Augen funkeln wunderbar.

Dort vor ihm ist es wohlig warm
Bezaubert uns mit seinem Charme.
Wir setzen uns und lauschen sanft
Das Feuer knistert, sind entspannt.

HALBZEIT

Ein prüfender Blick
Mein Schaffen und Tun.
Dort liegt es zurück
Wenig Zeit zum Ausruhn.

Die Halbzeit im Leben
Wohin geht die Reise?
Was soll ich noch geben
Worte laut oder leise?

Was hab ich getan
Und war es genug?
Ein sterbender Schwan
Oder Adler im Flug?

MÜDE

Diese Schwere
Der Körper ist schwach
Ausgelaugt, trotzdem wach
Weiter leben.

Diese Leere
Die Gedanken fragil
Wackelig, instabil
Weiter weben.

Diese Schere
Die Wege zerstreut
Zwischen froh und bereut
Weiter kleben.

Diese Ehre
Das Erreichte obskur
Hoher Mut, dünne Schnur
Weiter streben.

AUSERZÄHLT

Es kommt der Moment
Auf Lippen nichts brennt
Alles ist schon erzählt
Sanfte Stille gewählt.

Hab jetzt alles gesagt
Mehr schlummert fernab
Noch wachsend, nicht reif
Versteinert und steif.

Die Gedanken sind leer
Was ich weiß umso mehr
Was ich denke und fühl
Steht auf Seiten subtil.

Also schlag sie nun auf
Diese Bücher zuhauf
Lese ab meine Sicht
Finde Sinn, oder nicht.

FREMDKÖRPER

Dieses Bild da im Spiegel
Unendlich viel Ziegel.
Verbauen das Glück
Zementiert Stück für Stück.

Der Anblick ein Graus
Purer Hass aus mir raus.
Achtsamkeit weit entfernt
Akzeptanz ganz verlernt.

Bin wie paralysiert
Voller Wut und frustriert.
Die Liebe kommt erst zurück
Wenn mein Bild mich entzückt.

EIN STÜCK TEXT

Unten hier, wo es weiß ist
Nur dass ihr es vorab wisst.
Ja, dort soll ein Text hin
Mit Tiefgang und viel Sinn.

Also gehe ich in mich
Jedes Mal einzigartig.
Und suche den Anfang
Jene Muse einst besang.

Auf der Stirn lauter Falten
Herz und Kopf am Verwalten.
Dann passiert es ganz leise
Worte gehn' auf die Reise.

Die Gedanken wie Tropfen
Hüpfen raus, kein Verstopfen.
Voll von Inhalt subtil
Und Symbolik ganz viel.

Dann stehen da Zeilen
Bleiben bei euch, verweilen.
Seid beim Lesen soeben
Teile von meinem Leben.

Nur was sag ich euch jetzt?
Was das Herz neu besetzt?
Was euch wundert, erfreut?
Was euch still überzeugt?

Weiß echt wenig, nur soviel
Worte sind wie ein Gefühl.
Zwischenmenschlich ein Band
Es zerreißt oder spannt.

EIN SATZ

Ich kann behaupten frei heraus,
es muss nun endlich hier mal raus,
dass es doch öfter schwierig ist,
einfach zu sein, der wer man ist,

weil das, was man tagtäglich tut,
aus purer Feigheit oder Mut,
ein Nachspiel hat zu jeder Zeit,
für Mensch, Natur, drum sei bereit,

denn deine Umwelt hat's verdient,
mach also was, dass stets sich ziemt,
aus Dankbarkeit und Demut nun,
stolz auf dich selber, erntend Ruhm,

dann wirst du merken in dir drin,
dein Dasein hat wohl einen Sinn,
und es wird klar nun umso mehr
einfach gut sein ist gar nicht schwer.

ABGESTUMPFT

Immerwährende Wunden
Feste Knoten gebunden.
Ungelöst hier geblieben
Von nichts mehr vertrieben.

Sie walten und schmerzen
Verspotten und scherzen.
Eingestürzt neue Morgen
Dunkelheit, tief verborgen.

Sie fordern, verführen
Sind wie starke Walküren.
Bestimmen und leiten
Der Verstand am entgleiten.

Sie besetzen und nehmen
Dauerhaft nicht zu zähmen.
Unheilvoll wie der Tod
Nähren sie tiefe Not.

Zu spät kommt die Zeit
Wenn das Heilen soweit,
Kurz bestärkt die Vernunft.
Bleib zurück abgestumpft.

DER GLÜCKLICHE MANN

Er muss atmen, essen, trinken
Gut zureden, mal abwinken.
Aufs Neue ruft die täglich Pflicht
Den Kopf nach oben, weite Sicht.

Was ist es, war er wirklich braucht
Was ihn befreit und nicht nur schlaucht?
Was Glück ihm bringt ins Herz hinein
Was macht sein Leben reibend fein?

Zuerst ist da sein pures Sein
Im Hier still waltend, fester Stein.
Die Aufgabe ganz klar im Blick
Treibende Kraft und viel Geschick.

Gebraucht zu werden sicherlich
Als Freund, Mentor und väterlich.
Darf niemals fehlen auf dem Steg
Wird sonst zu eng, steht nur im Weg.

Mit starken Armen und Verstand
Steht stramm im Leben, wird erkannt.
Ein wahrer Fels, der Brandung trotzt
Von Selbsterkennung nur so strotzt.

Wenn er sich freut passiert es prompt
Auf andere ein Lächeln kommt.
Geteilt im Hier, ansteckend schön
Das Glück verdoppelt ganz bequem.

Ganz wichtig für sein warmes Blut
Ja, fair, gerecht und einfach gut.
Das ist sein Geben, sanfte Züge
Teilt sein Erreichtes zu Genüge.

Zum Schluss noch etwas, still vermisst.
Nicht falsch verstehen, kein Narzisst.
Doch das Gefühl, Gutes zu können
Das braucht sein Glück, wäre zu gönnen.

GESTERN NACHT

Es war so echt
Das gestern Nacht
Du hattest recht
Im Traum erwacht.

Ich stand nur da
Und du im Schacht
Verborgen nah
In dunkler Pracht.

Ich hörte dich
Die Worte sacht
Berührten mich
Und hatten Macht.

Bin auf die Knie
Friedvoll bedacht
Dir nah wie nie
Viel Zeit verbracht.

Du sagtest: „Flieh!
Entgeh der Schlacht.
Schnell irgendwie.
Der Tod schon lacht."

Dann warst du weg
Bin aufgewacht
Sitzend im Dreck
Versteckt im Schacht.

Ich muss ein Stück
Hast Licht gemacht
Zu dir zurück
Ist bald vollbracht.

ZUHÖREN

Alle sprechen, viele Worte
Leise, laute, jede Sorte.
Federleicht die Münder auf
Viele Sätze noch zuhauf.

Die Bedeutung ohne Frage
Bleibt meist offen und auch vage.
Oder fehlt der tiefe Sinn
Leere Hülle, kein Gewinn.

Es gefällt zu profilieren
Vor den anderen brillieren.
Jeder stellt sich in ein Licht
Das heller ist aus seiner Sicht.

Dabei kann man so viel geben
Wenn man zuhört anstatt reden.
Die Sorgen anderer entfernen
Durch die Worte noch was lernen.

Erkenne wahrhaft den Moment
Wenn dann jemand darauf brennt.
Zu sagen was da in ihm nagt
Die Seele und das Herz tief plagt.

Hör einfach zu und sei bereit
Er ist jetzt dran, ihr seid zu zweit.
Das Leid muss raus in reifer Zeit
Du bist der Fänger, ist soweit.

DEKONSTRUKTION

Einst war ich wer
Bedeutend wahr.
Der Stuhl dann leer
Gefühle rar.

Du bist nicht da
Löse mich auf.
Das was ich sah
Ein Schleier drauf.

Da ist kein Halt
Kein Irgendwann.
Und auch kein bald
Auf leerem Gang.

Fall in ein Loch
Und frage mich
Wer bin ich noch?
Vermisse dich.

TELLERWÄSCHER

Weit hinten im Raum
Kaum noch übriger Traum.
Da steht er und putzt
Wird von allen benutzt.

Auf den Tellern ein Rest
Einst Genuss, pures Fest.
Mit Händen und Schwamm
Weggewischt irgendwann.

Stete Frage nach Wert
Längst gefallen das Schwert.
Nüchternheit eingeholt
Leben hat überholt.

Ganz tief in ihm drin
Weiter Weg bis dahin.
Ist das Licht langsam aus
Und die Wärme längst raus.

Das Geschirr glänzend rein
Schön gelöst ganz allein.
Auf Gewissen und Herz
Bleiben Flecken und Schmerz.

www.sven-stroh.de

sven stroh

WÖRTERWIND

GEDICHTE FÜR KINDER & ERWACHSENE

MIX

Papier | Fördert
gute Waldnutzung

FSC® C083411

Zeitfracht Medien GmbH
Ferdinand-Jühlke-Straße 7
99095 Erfurt, Deutschland
produktsicherheit@kolibri360.de